真景

イメージ

田野倉康一

思潮社

真景

イメージ

田野倉康一

思潮社

目次

装幀＝思潮社装幀室

真景

イメージ

帰還

終わりからはじまるものに
精神をゆっくりとたわめ
全感官を研ぎ澄ます
眼下を流れゆく微細なもの
時に死語の残像《イメージ》を追って
映像《イメージ》に追い込まれてゆく
主義者たち
はた、霊的なもの

東京高輪原美術館の
陽だまりに眠る
猫の額が異様に狭い
読みかけた本の
文字の上に踊る
陽だまりの葉むら
長い長いあいだ
探されている

異形のものは異形に
異形でないものも異形に

はた、「イメージの専制」は
イメージを喰らう

＊所在地は品川区北品川。品川駅高輪口から
行くから高輪にあるような気がする。

共食いに共食いの果て
最強のイメージを
イメージの中に残す
どこに陽だまりの
猫はいるか

終わるものの専制は終わるものを砕く
東京高輪原美術館の庭から
今、ゆるやかにぶれてゆく
ゾルゲの顔《イメージ》
ヒトラーの残像《イメージ》
眼鏡だけが残り
見る者だけが消える
見る者が消えて
見たものが残る

＊米田知子展『終わりは始まり』

かたむいたひかりに照らされる超高層ビルに
ゆっくりとかたむいてつっこんでゆく
映像《イメージ》の旅客機
映像《イメージ》にのめり込んでゆく
風、ひかり、
アメリカ

原美術館が建つ旧出雲国松江藩主松平家下屋敷跡
出土するおびただしいガラスの
破片また破片
巨大なガラスの水槽を作り、はだかの美女たちを泳がせては涼をとったと伝えられる
かたむいたひかりにキラキラヒカル
そのときの不昧公が美女たちとおりた
どこにでもある坂を

今、どこにでもいる者たちが下りる

高輪プリンスホテル
ＪＲ品川駅
つぶつぶの大地
つぶつぶの
歳月

ここまで書いてきてゲイリー・スナイダーの詩「渓山無儘」が美術館で絵を見て書かれた作品であることに気づく。ぼくは今、原美術館のカフェテリヤに座り、これを書いている。

時の空間を開き
無残なる符合の
果ての果てのことば
に、煮凝ってゆくもの
ひかり、くうき

意味からははじかれ
語るしかない広野に
語るものはいない
と、イメージが語る

精神はすでに門口を出た
精神は今、駅のコンコースにいる
精神は今、疲れたのでエスカレーターにのる
精神は今、たくさんの棘が、たくさんの棘とあるいているのを見る

手探りで暗いところを探す
あまりの明るさに、泣く
泣きながら探す
明るすぎて何も見えない
ひとびとのあいだで

足指にふれるつぶつぶの大地、つぶつぶのおび
杖を立てればそこに
涌くものはあるか

東海道・山陽新幹線が品川にとまる！
短すぎる駅間を光速でかけぬけるひかり
名を呼ばぬ習慣が千年を超えて
抽象のひとびとを通信で結ぶ
陽だまりの猫は
どこにいるか

東海道・山陽新幹線のぞみ一八七号博多行にのって
憑依ではない
ときどきは安倍某

ときどきはアテルイ
ときどきは准后源某にして
またとりあえず架空の皇子
だったりもする
かくして
またその誰でもないことにひと息をついて
乗るつもりのなかった東海道・山陽新幹線
のぞみで
とりあえず
西へ

帰還

静謐からの帰還
老人はゆっくりと
ローストビーフを食べる
詩人は詩によって癒される（？）
詩は癒されない

パーティーのスイーツをタッパーに詰め込んでいる詩人がいる。そこにいるのはみんな

詩人で、

エレベーターで上下する
人たちも詩人だ

地の塩がすりきりで
あふれ出すぼくら

聞こえても聞こえなくても
声はみんなぼくの声

たくさんの歳月は
すこしずつゆるむ
劣化するものは劣化しない

かえってゆくもののあとを追って
光速で駆け抜けてゆくもの
耳に聞こえず
目に見えず
あたりをあまねく満たしている
騒々しいものあたらしいもの
追うものが持たない帰るべきところ

劣化しないものは劣化する
殺すな
殺せ
百人のダダカンが駆け抜けてゆく
はだかの
太陽の塔
百メートルの銀座

ひんやりと風を切る
百人のはだかとなって
ぼくたちが走る
冬の墓域は空堀めいて奇妙に明るい
誰もぼくたちを知らないぼくたちのイメージを
とりあえず駆け抜ける

都電の目線はファサードの位置
時に目が合う獅子、アカントス
車窓から振り返る高島屋三越
やわらかいものにふれて
いきなり母語を失った少年
少年を失った老人
鼻毛をていねいに抜きながらおおきなおおきなカバが
洗面所の扉をゆっくりとあける

のぞみ、
はあるか

机上を行き来する線分となって久しい
すでに途絶しているものたちをつなぐ
つなごうとして
ことごとく墜ちる（どこへ）

富士山が遠く
青黒い空にくっきりとうかぶ
聞こえてくる自分の声
自分のくしゃみ
自分のいびき

眠るものは誰で
死んでいるのは誰だ

記憶の刺さる

記憶の刺さる風景がない
転変する山河
転変する都市
プロトタイプの光景が
ロールプレイングゲームであった
昭和四十年代の武蔵野

うまれつきの漂泊者ではありますが、必ずしも近代人ではありません。悲愴感など皆無

ですが、

記憶の刺さる風景がない。

ところかまわず増えてゆく家の
むき出しの土はアスファルトで固め
次々と同じ風景《イメージ》になる

護岸の作り方はいつも同じだ
多摩川も荒川もおんなじで安心
道をゆくひとびともおんなじで安心
おとこたちもおんなたちもおんなじで安心

生殖の危機も
絶滅の危機も

均質な風景《イメージ》として言祝がれ安心

武蔵野も多摩も
平坦も起伏も

転変する山河
転変する都市も
等しく転変の止揚される場所へ
おんなじで安心の美しい都市へ

だから

記憶の刺さる風景は
無い

のぞみ

のぞみ、はあるか
精神はどこから
どこへつながる
（この今日はどの昨日につながる?）
映像の都市
映像の都市が
映像の都市をむさぼる
スライドを重ね
つくられる時間の

＊長野まゆみ『新世界』
＊長野まゆみ『テレヴィジョン・シティ』

すみずみに満ちてくる
ぼくたちの未来

ナホトカのコンビナートが写る
富山の海
富山市文化国際課長本田信次氏は田野倉を連れて
盆ではない八尾へ
自動車を駆る
彫琢された
越中おわら風の盆
美しい二十世紀の肖像《イメージ》が目覚める
ぼくのものでは常にない時間

大叔母は高岡一の芸者でした。戦争前の、NHK金沢放送局開局記念番組での、収録記念写真があります。ぼくのいもうととぼくの娘にそっくりな、母の父のいもうとです。娘時代の母は口減らしに高岡で一年を過ごしました。ぼくのものでは常にない時間です。

詩人にして富山市文化国際課長本田信次氏は
杉並区文化交流課平和事業担当にして（たぶん詩人の）田野倉を連れて
高岡の落日をはしる
どこまでもぼくのものではない時間
高岡はいまだ
生身の神の
胎内にある

途絶せず
つながらず

途絶せず
つながらず

花火

その激しい眠りの
輪の外にあるかたち
白抜きで示される
ぼくのものではない行方
ぴんく色の足裏を向けて
すわり込むはなし込むおんなたちのあいだに
外苑の芝はしめりけをおびて
イメージの幸せをいっしんにうける

花火があがる
ふたつ、みっつ、よっつ、
ぼくのものでは常に
ない時間
です。

JK

女子《J》高生《K》の黒タイツが
ゆっくりと剝がれてゆくマネキンの
庭に幾万本のつららが
いっせいにおちる

薪を割ったこともなく
トリを絞めたこともない
聖天使

ワーキングプア　なつかしい呪文
しかしぼくのものではない呪文
誰もが疲れはてているから
誰も疲れてはいない
ただただ人類が
磨り減ってゆくのだ
エリ・エリ・ラマ・ラマ……

速度が二八〇キロを超える
デジタルな光が明滅する
百万人のジェニー・ホルツァー
百万人の宮島達男
プロトタイプの孤独な光
百万人のただの人
とりあえず

磨り減ってゆく人類に
生身の神を足してゆく

車販の女のローヒール
とめれば君の臀部がワイド
ゆっくりと腰を折る彼女たちの所作があの老人の
ローストビーフを取り分ける所作

吹きちぎられる風景の中に
吹きちぎられない窓外の
黒い富士
上京する母である娘はまだ女子高生《JK》であった
彼女が
沼津から仰ぐ暁の富士は
蓬萊に似る

静岡県三島市円通山龍澤寺十世中川宋淵老師の富士
大岡信の富士
頼朝の富士
伴大納言の富士
逸勢の富士
池大雅の富士
母はすでに死んでいる
ゆっくりと
死につづけている

貧民も金持ちもみんなちゃんと死んでしまって
五十六億七千万年後の地球にぼくは
ほおずえをついている
射している後光に気づくものはいない

赤くて巨大な太陽が昇る

のぞみで
西へ
行進する聖者のように
行進する女子高生《JK》のように
ボージャクブジンだ

何を望む？

真景図

池大雅の富士から
金有声《キム・ユソン》の富士へ
問いかける言葉はあるものからないものへ
ないものからないものへ
おだやかで無尽の放物線を描く
かつてこの道を大君《タイクーン》の都へ
ぼくは出会い描き旅する使人であった
今は四幅の山水花鳥《イメージ》となって

駿河国清見寺の片隅に眠る
傾いた尖峰は北斎の富士が
応えるがごとく現われるがごとし
霧の中の
清見寺にそっくりな洛山寺の風光《イメージ》
富士山にそっくりな洛山寺後背の尖峰
霧が抱く尖峰に抱かれた洛山寺が抱く
湾入に幾艘もの帆船が浮かぶ

精神はないから
い、い、い、い、い、い
そこに入ってはゆけない

栃木県立美術館平成二十年十二月十四日何の日だっけ『朝鮮王朝の絵画と日本』展で這う
ように眺める
そこに入ってはゆけない崇高なひかり

ほのかに縁をかがやかせ少しずつ消え失せ影となって鎮まる
制光の瀟湘
ひかりの鏡《イメージ》
鏡《イメージ》のひかり
洛山の東海はぼくを
うかべてはくれない
清見寺の海はぼくを
うかべてはくれない
そこにないみずうみはぼくを
うかべてはくれない

ついに江戸へ行けなかった
第十二回朝鮮通信使
ついに東京へ行けなかった
巡回展『朝鮮王朝の絵画と日本』は東京を迂回し

栃木から駿河へ
そしてまた、西へ
准后源某の吉野帰還をこそなぞる

ひととき
名を取り戻す「名」によって知れる
朝鮮の
中国画
官名を問われ
答えなかった崔北《チェブク》
輿の上からあおぐ
匿名の富士は蓬莱に似て

DNA

池大雅の富士から
金有声《キム・ユソン》の富士へ
あるものからないものへ
ないものからないものへ

恒常の頭痛は歯の
くいしばりすぎとDNA《ドンナ》が語る
好奇心を持たないお笑い芸人や

知識も教養も持たない詩人が
なおいっしんにさがす
のぞみは西へ

三島

宋淵老師の三島
伴大納言の三島
頼朝の三島
漱石の三島
流人には流人の
それなりの富士があって
三島はついにどこまでも斜面だ
かたむきつづける

かたむいた町
最初からかたむいた町のかたむいた富士《イメージ》に
ゆっくりと突っ込んでいく旅客機のまぼろし《イメージ》

精神はないから
日没に暁に
とりあえず
さがす

ヴァンジ彫刻庭園美術館の美しい庭
そこからは見えない
三島の富士は蓬萊に似る

ハリストス

天かける天使は
その妻に似て
ハリストス日本正教会伝教者にして聖像画師牧島如鳩本名省三が模写すれば天かける天使
はみな
その妻に似て

日本正教会修善寺教会には一対のイコン「祈禱の天使」があり、聖像画師牧島如鳩の手になるものであるが、如鳩自身は修善寺教会に赴任した記録も痕跡もなく、もちろんそのイコンを描いた記録もなく、その粉本がニコライ堂の、関東大震災で失われたネフによる

「祈禱の天使」であったことは知れるものの、その来歴も制作時期あるいは修善寺教会に装架された時期も一切が杳として不明であった。しかし平成二十年、田野倉の国立国会図書館における調査により、日本正教会の機関誌「正教時報」昭和四年四月号地方教会消息欄に以下の小文が確認された。

修善寺、三島、柏久保、江間の四教會有志の發企にて三月三日修善寺にて教勢發展の策を講ずる爲め聯合祈禱會を催ふすことを決議したるも、折惡しく管轄司祭中島神父が健康を害せられて御臨會が六ケしいので、靜岡教會の笹葉神父に御出張を願ひ、當日午前九時より聖體禮儀を執行し、祈禱の間に神父の説教あり、聖體禮儀終りて後前記四教會永眠者のパニヒダを執行し、それより參會者一同撮影し、教會控所にて懇親會を催ふす。茶菓、赤飯を喫し、談笑の裡に教勢を語り、信仰を溫むる方法を講ず、席上來賓牧島氏は席畫を揮毫して座興を添ふ、參會者は隨意に溫泉に浴し心身の輕快を覺えて夕刻歸途についた。（傍点田野倉）

これが如鳩と修善寺教会との唯一の接点である。このふた月前、如鳩は静養先の伊東で最愛の妻を亡くした。

漫談だろうが説教だろうが絵の中の天使は
その妻に似て
信仰の篤過ぎる聖画師の空の
はてしないブルー
天使らの群はその青の深みへ
深みへと消え
今は東伊豆自動車道の
終端へと消える

振られるたびに香る
香炉のけむりはトンネルに満ち
警報が鳴る非常灯がともる
その上の見えない

空は抜けるようなブルー
深い深いブルー
インターナショナル・マキシマ・ブルー
の空に

（天使は毎日降りてくる）

（ときどき渋滞したりする）

「祈禱の天使」を描くネフ
オリジナルは消滅し
永遠のコピーがおびただしい人また人の相貌《イメージ》を帯びて
イオアン、パウエル、ハリストス
聖所にひらく
来世の窓

詩は神の国
神の言葉か、

二十歳のニコライ・カサートキンは
広大なシベリヤを駅馬車で渡る
明治元年敗残の函館に義人の血は青いか
ヒーローを背中から撃って（！）
日本の近代をしみじみとひらく
その男、後の北海道開拓副使
数年の後、獄を経て広大なシベリヤをひとり
馬車で渡る
その百年後
パウエル如鳩マキシマはヒコーキで渡る
精神がないから

ぼくはニコライになれないエノモトになれないマキシマになれない
精神がないから
ぼくは広大なシベリヤを越えることができない

精神がないから
とりあえず探す
国立国会図書館地下七階
イメージの書庫に
また
ときどきは
探すものを探す

如鳩の富士

*明治時代、日本におけるロシア正教徒はプロテスタントをはるかにしのぎ、その数はカトリックに迫った。

ぴょん

永澤康太『lose dog』

誤作動のすきまに
旅するものの影が差し込まれる
インドのようなシズオカ
インドのようなハママツ
ガンガーのようなハマナコ
葉海鼠
副音声で聞いている真夏の
叙事詩のような演歌

肉の赤身の少年が華を売る
華を買う少女が加速する
すこしさみしい
肉食。
新幹線はいまや男ではない
あひるの嘴のような
ひろびろとした未来茶畑のような
聖器
聞こえない声を聞くのではない
すべてが君の声だ、永澤君
聞こえないものは存在しない
かそけきものは存在しない
とすれば、聞く君も存在しない
すべてが君の声でしかないこと
それを君はとてもよく知っている

そう、君のスプライトを蹴倒していくのは
すべて君だ
のぞみ、の中で
売っていないものは存在しない
だからこそぼくたちはいつもひとりで
のぞみ一八七号博多行にのって、
西へ
ときどき
三、二、一、ぴょん、と
ひろいひろいガンガーをわたり
ヴィジョンの新しい把手を摑むこともできる

だからこそ
君にぼくの名の一文字をあげよう

「康」

うそだけど。

＊ほとんど永澤康太『lose dog』から、あるいは、めぐって

電子

かわす間もなく安寧が秩序が
襲いかかる平穏な日々
映像《イメージ》である美しいまち
言うまでもなく
聞くまでもなく
見るまでもない今、ここ
復路から先に見えてくる往路の
終端はいつも手の内にある

だれも地獄に墜ちない最後の審判
千手千眼の聖母が
見上げているインターナショナル・マキシマ・ブルー
抜けてゆくひかり
たたなづく牧の原台地
茶畑の襞を
ひとりのさみしい原人となって
どこまでも大またであるいてゆく

遠くを
如鳩の長い長い影が
ゆっくくと過ぎる

それから、

どうせ失うばかりの今生にあって
「言語学上の東国」を
ゆっくりと歩み出る

切石も
ゆがむ浮世の
影を増す地雷原
みえてくるみずからの爆死
肉片の豪雨
降る肉のさみしい夕暮

東海道・山陽新幹線下りのぞみ一八七号博多行きは時速二八〇キロを超えて
今、「言語学上の東国」を出奔
とりあえずぼくは
ぼく自身の

のぞみ《イメージ》を
つなぐ
はや、

喩

また時に離陸する
葦原の中つ鉄筋コンクリート
古い路盤に新しい路盤
東京はやわらかい窒息の沖に
ぼんやりと浮かぶ軍艦のようだ

さしかかる青野原
領土だ国家だ国境だ

降りかかるイメージの豪雨だ
どこまでも追ってくる干戈のどよめきだ
度重なる紅旗征戎の果て
手綱ゆるめる二の腕に沿って
這い上がる記述のヒーローとなる
離陸する葦原の中つ国の詩語《イメージ》
離陸する葦原の中つ国の花鳥風月《イメージ》
天孫降臨のなまあたたかいそらに
浮かぶ磐舟はきっちりと封をされて
太平洋に流される
ときどき
放射能など滲ませながら
流されて
はた、
琉球に

まるまるイメージの王朝を建てたりする
ときに坊さんも流れ着く
最初は舟で
最後は釘付けされた棺桶で
生きていれば琉球に寺なども建てる
目無しかたまの行く末をなぞる
すでに未来の神話の中で、
箱に生まれてよかった
丁寧になんか扱ってもらえなくとも
ゆっくり移動する天と地の間で
ぼくはひたすら受け入れるものでこそ、ありつづける
散文は笑え
散文は笑うな
手綱を持つ二の腕となって
尻を掻く股を掻く

＊島袋道浩

白河の関を大股で越える
馬の尻を蹴る
馬はもんどりうって倒れこむ
馬は宇宙だ
みじかい交尾を終えて
長い聖器を祭壇にしまう
おもむろに立ち上がり
立ち眩みして大地へとひれ伏す

単性の生殖を繰り返すもの
こそ未来を切り開くもの

ほろびゆくy遺伝子

正史から零れ落ち

口碑にゆがむ天空もよし
等身大のひかりから生まれ
望みは
西方

アテルイの太い首
安倍某の細い首
とりあえず
のぞみは
西へ

夷狄

三条大橋に晒される
遠い異郷に流される
いずこも同じ通信の中
うっすらと浮かぶ
トーキョーになる

沼津の富士

沼津の富士を見た人に
トーキョーの富士は富士ではない
相模の富士を見た人に
武蔵野の富士は富士ではない
最初から廃墟であった住宅地の道を
最初から漂泊者であった人々が過ぎる
漂泊もクソもあるものか
往くも還るも常に今、ここ

今、ここに「今ここ」はなく
記憶に刺さる風景がない

すっぽりと抜けおちている少年の日々
最初からなかったのだ、それも
均質なサルがかろやかにつながり
ときどきは深い
渓をわたったりもする
こうして
街並みはただ転変する風景としてあり
イメージの武蔵野
はた、
イメージの都
遠い奥多摩

遠い秩父
遠い丹沢その奥の富士
遠い比良
遠い伊吹
比良の向こうに富士はなく
比良のむこうに富士はある
イメージの富士こそ転変しない
ただ、
ナマの富士が日々変わってゆく

記憶するよりも速やかに
忘れ去ってゆくもの
刺さる前に抜ける
美しい
棘

だから死はゆいいつの
志向でこそありつづける
ただそこへ向かっているであろうことがぼくらの
ゆいいつの安寧である

投げるべき問いを呑み込む
呑み込もうにも問いがない自明の
都市の真闇に住んでいる

捜索

知識はひけらかすためにある
知ったかはまた、生のあかしだ
だからぼくは取捨しない
ただ受け入れる箱となる
誰それの眼の中に宿る
イメージのぼくはすっぽ抜ける
精神はないから
常にぼくのものではない知識

ぼくのものでは常にない時間
常にだれかのイメージの中に
うっすらと姿をあらわしている
からっぽのひかり
その中を

探すものは
探される

生まれる場所

生まれる場所
生まれた場所
それはどこか

最初の記憶《イメージ》が見当たらない
らしき記憶《イメージ》はただの記憶《イメージ》だ
首のない子どもを連れた首のない母
オーバーの中の赤い肉白い骨

その断口、薄闇
うすぐらい昇降口の
奥の方からそれをただ見ているおそらくは三才のぼく
だが、それだけ

＊その昇降口はぼくが三歳の時保育室になった。

だからあらゆる時間を
あらゆる空間を選り分ける原風景《イメージ》をぼくは持たない

ぼくの幼年時代は小説家Nがつくる

＊小説家Nは保育園からの幼馴染。ぼくには保育園以前の記憶がほとんど無い。僕の保育園時代はほとんどが彼女からのイメージでできている。

記憶するよりも速やかに
忘れ去るものはあらゆる
ものの記憶を取捨しない
あらゆる言葉を取捨しない

詩はあらゆる想起にほかならないから
詩人は言葉を取捨しない

加速する加算は探す眼をはるかに
追い越して一本の線分になり
覚えられない詳細を
一直線に駆け抜ける

音速を超えると
速すぎるものは遅れはじめ
光速を超えると
速過ぎるものは限りなく止まる、
にかぎりなく近づく

窓の景色は流れない

時速二八〇キロをはるかにはるかに超えて、
大増発ののぞみは
西へ向かって遅れつづける
ほとんど止まって遅れつづける

ぼくたちはだから
精神を持たない
展開しない風景《イメージ》の中で
精神を持たない
つまり、
死ぬことができない

あとがき

　この詩集に収められている詩篇は、ほぼ三週間で書き下ろした。僕の詩集はいつもそのようにして出来している。そしてかつてはそのように短期間に訪れたものを繰り返し推敲し、並べ替え、厳しい取捨選択の上、上梓してきた。それはやはりどこかで、一般化を想定したひとつの理想像を措定し、そこに「訪れたもの」を合わせる作業であったと今は思う。この作業はしかし、年を追って困難を感じさせるものとなった。その理由はやがて九〇年代半ばの和合亮一の登場から九〇年代末の石田瑞穂、小笠原鳥類ら「新しい詩人」たちの台頭によって明らかになってゆく。すなわち、万人に共通普遍の「理想」などというものはとっくに無かったのだ。

　かくして前詩集『流記』から、ほぼそのような作業は捨てた。今回も詩篇の入れ替え、連や行の入れ替えなどは自発的な作業としてはほとんど行っていない。言い換えるなら、三週間でおおよその形を成した以降のわずかな手入れは、ほとんど他人の意見（という

「神」の声？）にそのまま従っている。つまり、最初の一行の訪れに始まって詩篇、詩行、あるいはそれぞれの語彙などといったものはほぼそこに立ち現われた順に配列されており、論理的脈絡がまるでわからないエピソードやヴィジョン、不意に口をついて出た他人の詩句もそのままに置かれている。

実は今回、到来する詩行をつぎつぎと書き付けているうちに、それらがすでにある種のイメージとして出来していたのではないか、という思いに強くかられた。もちろん詩集は言語によって編まれるのだから、具体的な詩篇は線的、継起的な事件として出来したのであるが、詩集一冊に先立って現われたヴィジョンはむしろある全体を一望するように立ち現れたのであり、ただ、横に異様に長いゴーギャンの「我々はどこから来たのか、我々は何者か、我々はどこへ行くのか」のように、それを一度には語り得ないだけなのではないのか、つまるところ最初の一行の訪れの時点でそれはあらゆる解釈、あらゆる理解の以前に前方へ開かれた、しかしひとつの充足した「世界」としてそこにあったのではないか、と思われたのである。

これはある種の芸術作品、とりわけ絵画や写真において体験する何ものかに似ていた。「詩」の具体的な到来が原美術館における「米田知子展」をきっかけとしたことは偶然ではない。

今回の詩集はまず古い友人である広瀬大志の新詩集『約束の場所』に触発された内的な欲求に米田知子の写真が火をつけ、僕自身が深くかかわった「牧島如鳩展」の経験をはじめ、詩篇の中で固有名詞をあげた人々のほか、入沢康夫、渋沢孝輔、高橋睦郎、吉増剛造といった、師とも呼ぶべき先達、その他多くの詩人、小説家、美術史家、歌人、俳人の詩句、語彙、イメージが直接・間接にこの詩集に形を与えたと言ってよい。また、「ごくわずかな手入れ」を促した「神の声」ならぬ若い詩の友人である三木昌子と、学生時代からの詩友城戸朱理、背中をガツンと押してこの詩集を決断させてくれた編集の亀岡大助氏の名もここにあげておきたい。深く深く感謝する次第である。

真景《イメージ》

著者　田《た》野《の》倉《くら》康《こう》一《いち》

発行者　小田久郎

発行所　株式会社思潮社

〒一六二―〇八四二　東京都新宿区市谷砂土原町三―十五
電話〇三（三二六七）八一五三（営業）・八一四一（編集）
ＦＡＸ〇三（三二六七）八一四二

印刷　三報社印刷

製本　川島製本所

発行日　二〇〇九年十月二十五日